American Sluts 2

Impressum

© 2023 Gina Weiß

Druck und Distribution im Auftrag der Autorin:
tredition GmbH, Heinz-Beusen-Stieg 5, 22926
Ahrensburg, Deutschland

Sehr verehrte Leser,

vielen Dank für den Erwerb dieses Buches.

American Sluts ist meine neueste Buchreihe. Es ist eine Sammlung erotischer Kurzgeschichten. Dabei geht es jeweils um eine fiktive Frau, die sexuelle Abenteuer erlebt.

Im zweiten Teil geht es um die Geschichte des jungen Steve aus Springfield, Illinois. Ein 18 jähriger Schüler, seines Zeichens Jungfrau.

Während seine Eltern ihren Urlaub auf Jamaika verbringen, kreuzt seine Nachbarin und ehemalige Babysittern Tonya Summers seinen Weg. Tonya ist eine echte Traumfrau und ganz gewiss nicht mehr das, was der junge Steve in seiner Erinnerung hat.

Steve und Tonya kommen sich näher als er jemals geglaubt hätte.......

Mrs. Summers

Es war dieser heiße Sommer. Den ganzen Juli war es schon tagsüber 30 Grad heiß. Steve wusste nicht mehr, was er noch ausziehen konnte, hatte man sich sowieso schon auf das nötigste beschränkt: Boxershorts und vielleicht noch ein T-Shirt. Seine Eltern wollten trotz dieser extremen Hitze in den Urlaub fahren. Zwei Wochen Jamaika. Doch Steve war das jedoch zu extrem, bei 30 Grad wollte er sich das nicht auch noch antun, an einen Ort zu fahren an dem es noch heißer war als in Springfield, Illinoise.

Mit seinen 18 Jahren war er eigentlich schon alt genug, um alleine in Urlaub fahren zu können. In diesem Fall, alt genug, um alleine das Haus zu hüten. Seine Eltern waren schnell überzeugt und so hatte er 2 Wochen sturmfreie Bude. Ein normaler 18 Jähriger würde in diesem Fall wahrscheinlich Party's feiern, im Schwimmbad rumhängen und Freunde treffen. Nur war Steve kein normaler 18 Jähriger. Mädchen hatten ihn bisher nicht wirklich interessiert, wobei interessiert vielleicht das falsche Wort ist. Interessiert hätten sie ihn schon, nur war er wenn es darum ging mehr als nur oberflächlichen Small Talk mit Mädchen zu führen, innerlich blockiert.

Mit der Zeit hatte er sich ich damit abgefunden und mit seinem schüchternen Single-Leben arrangiert. Die vorhandene Energie und Zeit wurde in seine Schulausbildung und in seine Hobbys investiert. So hatte er schon einige Homepages designed und so sein Taschengeld um einiges aufgebessert.

Als seine Eltern endlich abfuhren konnte er endlich den ganzen Tag seine Homepages erweitern und einige Neuentwicklungen machen ohne ständig von seinen Eltern belästigt oder gestört zu werden. "Warum gehst du nicht ins Schwimmbad? Warum triffst du keine Freunde? Warum suchst du dir keine Freundin? Warum gehst du am Wochenende nicht aus?". Steve hasste diese penetranten Fragen die ihm seine Schüchternheit indirekt vorwarfen.

Mit Junkfood war er eingedeckt, so musste er nicht mal das Haus verlassen. Voller Vorfreude war er am Montag um 7 Uhr aufgestanden. Schnell hatte er noch die stickige Luft aus seinem Zimmer rausgelassen und das wenige an kühler Luft das der Morgen noch hergab in sich aufgesaugt. Und los ging es, mit meiner

Arbeit am PC. Bis zum Mittag hatte er schon einiges geschafft. Jetzt noch schnell eine Pizza in den Backofen und es konnte weitergehen.

Plötzlich klingelte es an der Tür. Wer das bloß sein konnte? Seine Eltern hatten ja allen Bescheid gesagt, dass sie im Urlaub waren. Und Steve erwartete niemanden, wie auch, wenn man keine Freunde hat. Als er die Tür öffnete, staunte er nicht schlecht. Vor der Tür stand seine Nachbarin. Mit ein paar Schweißperlen auf der Stirn fragte sie ihn sofort ob sie reinkommen dürfte, noch bevor sie ihn begrüßte.

Tonya Summers, so hieß seine Nachbarin, war vor zehn Jahren sein Kindermädchen. Da seine Eltern den ganzen Tag arbeiteten, wollten sie dass jemand da war wenn er von der Schule nach Hause kam. In den letzten Jahren kam Tonya allerdings nur selten mal zu Besuch, bis sie schließlich nur mehr zu Geburtstagen und ähnlichen Anlässen vorbei schaute. Steve konnte sich schon fast gar nicht mehr an sie erinnern. Doch jetzt stand sie vor Steve und sagte ihm, dass seine Eltern sie gebeten hatten auf ihn aufzupassen.

Innerlich begann Steve zu toben, ließ es sich jedoch nicht anmerken. Nach fünf Minuten hatte sie Ihren Monolog beendet und war endlich soweit wieder zu gehen. Als Tonya sich umdrehte, sah Steve wie aus Reflex auf ihren wohlgeformten Hintern. Was er da erblickte, ließ ihn erzittern. Bisher war Tonya für ihn eher wie eine Tante. Denn mit Ihren 35 Jahren war sie nur wenige Jahre jünger als seine Mutter.

Dieses Mal jedoch hatte sie in Steve total andere Gefühle ausgelöst. Tonya war ein Prachtweib. Sie war schwarz, mit einer perfekten, schokobraunen, samtigen Haut. Ihr Körper war sexy, üppig gerundet. Tonya war sehr stolz auf ihre weibliche Figur und betonte sie gerne. Sie trug eine enge, weiße dreiviertel Hose. Ihr Po kam extrem gut zur Geltung da der Stoff der Hose so dünn war das man sie schon fast als durchsichtig hätte bezeichnen können. Von Vorne war ihm das überhaupt nicht aufgefallen, denn im Schatten unter dem Eingangsdach war dies nicht zu sehen.

Doch als sie sich umdrehte und der Sonnenschein auf ihr mächtiges Heck fiel, offenbarte sich ihm diese Pracht. Jetzt stach es ihm geradezu ins Auge und er begutachtete alles ganz genau. Ihre Pobacken waren nur durch einen kleinen String getrennt, Steve konnte seine Augen nicht von Ihrem Hintern lassen. Die Pobacken waren einfach zu köstlich, sie waren perfekt.

Bei jedem Schritt hatte die Hose die Pobacken in Wallung gebracht. Für Steve war er mehr als sexy. Die Rundungen waren so groß und prall, so saftig. So etwas hatte der junge Schüler noch nie gesehen. Soviel er erkennen konnte sogar glatt und fest. Er war hin und hergerissen, denn er hatte noch nie eine Frau in Ihrem Alter, für so begehrenswert gehalten wie Tonya in diesem Moment. Als nach Hause lief und aus seinem Blickfeld verschwand, schloss er sofort die Tür und holte sich einen runter.

Der Tag war für ihn gelaufen, er konnte an nichts anderes mehr denken als an diese zwei

Pobacken. Hatte er sich doch so auf die 2 Wochen vor dem PC gefreut und jetzt das. Sollte er das erlebte so schnell wie möglich vergessen, oder sollte er sich endlich mal zusammenreißen und versuchen wie weit sie gehen würde. Wobei eine verheiratete 35 jährige mit 2 Kindern, höchst wahrscheinlich andere Interessen hatte als die sexuellen Gelüste eines 18 Jährigen zu befriedigen.

Diese Nacht lag Steve wach in seinem Bett und dachte über das erlebte nach. Rational wie er war, beleuchtete er die Situation und kam um 3 Uhr früh endlich zu dem Schluss das er sowieso keine Chance haben würde und er es erst gar nicht versuchen sollte. Beruhigt endlich einen Entschluss gefasst zu haben schlief er ein.

Morgens um 7 Uhr läutete es an der Tür.
Schlaftrunken ging Steve zum Eingang. Als er
die Haustür öffnete stand Tonya vor ihm. Schön
langsam wurde er wach und bemerkte dass er
nur in Boxershorts vor Ihr stand. Zum Glück
hatte er keine Morgenlatte. Anscheinend war
Ihr seine Freizügigkeit egal, denn Tonya fragte
ihn als wenn nichts wäre, ob er Ihr ein paar Eier
borgen könnte. Doch Steve antwortete ihr,
dass er keine Ahnung hatte, ob überhaupt Eier
im Haus waren, aber sie könnte sich nehmen
was sie wollte.

Plötzlich sagte Tonya zu Steve: "Alles?". "Ja
alles." Er dachte sich nichts dabei, denn es kam
öfters vor das Freundinnen seiner Mutter
vorbeikamen und sich etwas zu borgen. Tonya
hingegen kam zum ersten Mal. Trotzdem
dachte Steve sich nichts dabei. Er begleitete

Sie zum Kühlschrank und sie nahm sich 5 Eier aus dem Kühlschrank. Als Sie wieder gehen wollte, drehte sie sich nochmals zu ihm um und sagte dann: "Wenn du etwas willst dann frag einfach."

Höflich wie er war, bedankte er sich für ihr Angebot, wissend dass das sicherlich nicht der Fall sein würde. Lächelnd und mit einem glänzen in den Augen verließ sie das Haus. Für Steve war das ein ganz normaler Besuch, nichts aufregendes. Im Gegensatz zu gestern war sie auch nicht sexy gekleidet, sondern hatte eine viel zu große Jogginghose an. Beim Frühstück als er die nackte Frau in der Online-Zeitung betrachtete, kamen ihm die ersten Gedanken.

"Könnte das nicht ein bisschen zweideutig gewesen sein?" Hat sie damit den ersten Schritt gemacht? Wollte sie ihn testen? Steve war total durcheinander. So aufgewühlt wie er war, konnte er an diesem Tag nichts machen und war nur noch dazu fähig vor dem Fernseher die täglichen Talkshows über sich ergehen zu lassen, bis er endlich Müde genug war, um schlafen zu gehen. Die Gedanken die ihm durch den Kopf gingen, waren total kontrovers. In der einen Minute sah er sich mit Tonya schwitzend auf dem Boden liegen und wild ficken.

In der anderen Minute, total davon überzeugt das er bei ihr sowieso keine Chance hatte und sie kein Interesse haben würde. Dieses Mal jedoch siegte der optimistische Teil seiner Gedanken. So beschloss er den ersten Schritt zu wagen.

Da er noch nie mit einer Frau geflirtet hatte, von Körperkontakt ganz zu schweigen, wusste er nicht wie er es anstellen sollte. Er musste eine Situation schaffen, in der Tonya sich entscheiden konnte, ob sie mehr von Steve wollte oder doch nicht. Und die Situation auf für ihn so eindeutig war das er ihre Entscheidung begriff und damit leben konnte, nicht wieder tagelang darüber nachgrübeln zu müssen.

Wollte sie ihn jetzt anmachen oder nicht. Den ganzen Tag verbrachte er damit, sich auszudenken wie er so eine Situation konstruieren konnte. Diese eindeutige Situation wollte er so gestalten, dass er es irgendwie schaffen musste, dass er nackt vor Ihr stand, ohne dass es offensichtlich war, dass er es absichtlich tat. Nur wie sollte er das anstellen?

Am nächsten Morgen war er sich endlich sicher wie er es schaffen konnte. Den ganzen Tag lag er auf der Lauer und schaute ob sie nicht zu ihm kommen würde. Gegen 15:00 Uhr als die Sonne vom Himmel brannte, war es endlich soweit. Er sah sie durch das Gartentor kommen. Schnell schloss er die Tür auf und rannte in sein Zimmer. Die Musik hatte er schon den ganzen Tag sehr laut laufen, so war es ihm unmöglich das Läuten der Türglocke zu hören.

Nackt setze er sich jetzt vor dem PC und begann an einer HTML-Seite herum zu doktern. Die Angst eine Erektion zu bekommen, die ihn den ganzen Tag beschäftigt hatte, war in diesem Moment einfach nur lächerlich, die Angst die er hatte war so stark das nichts in ihm eine Erektion erzeugt hätte.

Durch die frühere Vertrautheit mit diesem Haus hatte er Recht. So probierte sie als er nicht öffnete und die Musik aus seinem Zimmer zu hören war, die Tür zu öffnen. Die 35 Grad im Schatten hatten sie wohl in Ihrem Vorgehen beschleunigt. Nichts ahnend von seinem Plan kam Tonya in sein Zimmer. Die Tür hatte er offen gelassen, sodass sie nicht klopfen musste und er somit nicht in die Verlegenheit kam sich etwas anziehen zu müssen. Sein Monitor war so ausgerichtet, dass sich seine Tür im Monitor leicht spiegelte. So konnte er auch erkennen wie sie in mein Zimmer kam. "Bisschen laut die Musik", sagte Tonya.

Schnell drehte er sich in seinem Drehsessel um und saß nun nackt vor Ihr. Das Erstaunen über seine Nacktheit war ihr ins Gesicht geschrieben. Sie versuchte Krampfhaft ihm in die Augen zu schauen, schaffte es aber nicht. Spätestens alle 3 Sekunden schaute sie auf seinen Penis, der komischerweise immer noch keine Regung zeigte. Sie redete mit Steve über belanglose Dinge. Über seine Nacktheit verlor sie kein einziges Wort. Langsam wurde Tonya immer nervöser, anscheinend war sie sich auch nicht so ganz über die Situation im Klaren.

Was sollte sie nun daraus machen. Wir blickten uns jetzt immer intensiver an, wobei sie jetzt schon fast provokant ihrem Blick langsam senkte und demonstrativ auf Steves Pimmel blickte. Was hatte er da bloß angefangen, jetzt gab es aber kein Zurück mehr. Nach einer Ewigkeit, so kam es ihm jedenfalls vor, in Wirklichkeit waren es vielleicht 2 Minuten kam sie auf Steve zu. Nervös stand er auf und wollte sich schon entschuldigen für seine Nacktheit.

Sofort legte sie ihre Finger auf seinem Mund und sagte, "du hast einen ganz schön großen Schwanz für so ein weißes Bürschchen". Mit Ihrem Finger strich sie dann über seine Lippen. "Oh Mann" dachte er sich, er stand jetzt nackt vor einer Frau die offensichtlich mit ihm was Geiles anstellen wollte. Sie blickte ihm tief in die Augen und ihre Hand begann auf Wanderschaft zu gehen. Sie streichelte seine zarte, schmale Brust und spielte mit seinen Brustwarzen bis sie steif waren.

Die Gedanken in seinem Kopf überschlugen sich, das einzige was er herausbrachte war "zieh dich aus." Sie schaute ihn erstaunt an, erwiderte dann aber "zieh du mich doch aus

Süßer". Das war zu viel für Steve. Sein Penis begann zu wachsen, was sie auch mit einem Schmunzeln wahrnahm. Jetzt wurde er mutiger. Er nahm Ihr T-Shirt und zog es ihr über den Kopf. Tonya trug keinen BH, Steve war erstaunt. Ihm blieb fast die Luft zum Atmen weg. Tonyas Möpse waren riesig, mächtig, glänzend und wunderschön.

"Ich bin mir nicht sicher ob wir das nicht hier beenden sollten" sagte sie zu Steve. "Wieso", wir sind beide erwachsen erwiderte. Tonya lachte. "Ich könnte deine Mama sein. Weißt du noch als ich dich früher ins Bett gebracht habe"? "Na und" keuchte Steve, "ich will dich". "Weißt du überhaupt was das heißt kleiner Mann"? Beleidigt ließ er von Ihr ab. Das hatte gesessen. Am liebsten hätte er sie jetzt halbnackt vor die Tür gesetzt. Seine Erregung war verschwunden.

Ihr war es anscheinend selbst nicht gut dabei gewesen. "Sorry, aber die Situation verwirrt mich etwas, ich will dich ja auch, aber wenn das rauskommt." "Wer soll denn davon erfahren? Ich werde es niemanden sagen." Dieses hin und her hatte Steve total aufgelöst. Ihm war inzwischen schon alles egal. Von einer Sekunde auf die andere vom Himmel in die Hölle, das war zu viel für den schüchternen Jungen. Er musste jetzt endlich Gewissheit haben, egal wie es auch ausging, er musste es jetzt endlich wissen.

"Ich will dich ficken!" stöhnte Steve hinaus. Seine Direktheit hatte Latoya anscheinend erstaunt. So standen sie sich schweigend gegenüber. Er nackt, sie halbnackt und keiner von beiden sagte etwas. Sie überlegte

anscheinend noch ob sie mit dem forschen Nachbarsjungen ficken sollte oder nicht. Dann jedoch passierte es. Statt ihm eine Antwort zu geben, zog sie Ihre Shorts aus und stand nun, nur noch mit einem goldenen Mini String bekleidet vor
ihm.

Etwas verschämt schaute sie Steve an: "Und Steve-Boy, gefällt dir was du siehst"? Steve atmete tief durch, er war gar nicht in der Lage zu realisieren was da gerade geschah. "Oh ja und wie. Ich habe noch nie etwas so schönes und erotisches gesehen". Lächelnd kam sie auf Steve zu und stand nun direkt vor ihm. Er war nun fast am Ziel seiner Träume, eine reife Frau, fast doppelt so alt wie er, stand nackt vor ihm und wollte das Gleiche wie er: Sex.

Doch seine Schüchternheit gewann leider wieder die Oberhand, so stand er beinahe wie versteinert vor Tonya und traute sich nicht sich zu bewegen. "Du bist noch Jungfrau" sagte Tonya voller Überzeugung. "Ja". "Nicht mehr lange. Lass Mrs. Summers nur machen Süßer". Ein grinsen konnte sie sich dabei nicht verkneifen.

Der Situation im Klaren übernahm sie jetzt die Regie. Sie kam auf Steve zu, nahm ihn fest in die Arme. Sie drückte sich immer fester an ihn, Ihre Brustwarzen drückten gegen seinen Oberkörper. Sein Becken hatte er leicht nach hinten gedrückt. Latoya bemerkte es jedoch sofort und drückte mit ihren Händen seinen Po wieder nach vorne, sodass sein Penis gegen Ihren Venushügel drückte. Das Gefühl war unbeschreiblich.

"Willst du mir nicht das Höschen ausziehen Steve"? Der junge Mann war ganz verlegen. Er nahm all seinen Mut zusammen und berührte Tonyas Hüften. Sie nahm seine rechte Hand und führte sie zu ihrem Schritt. Zu dem dünnen Stöffchen das sie Unterhose nannte. Dabei streckte sie ihm lustvoll ihre rosa Zunge entgegen. Steve ließ sich von ihrer Leidenschaft mitreißen und streckte ihr nun seine eigene Zunge entgegen. Sie berührten sich. Und während Steves Finger Tonyas Scham ertasteten, küssten sie sich leidenschaftlich.

Tonya führte seine Hand unter ihr Höschen. Sie war blank rasiert, dass spürte der weiße Nachbarsjunge ganz deutlich. Es erregte ihn auf eine gewisse Art und Weise wie er es noch nie erlebt hatte. Tonya war die erste Frau die er jemals berührte. Und ihre feuchte Pussy war die erste Möse die er überhaupt berühren durfte. Jetzt ließ sie ihn los und schaute ihm tief in die Augen. Er erkannte ein Glänzen in ihrem Blick das für ihn wie die pure Lust aussah.

Jetzt war es passiert. Das aller erste Mal das er mit einer Frau intim wurde. Das erste Mal das er eine Frau auf den Mund küsste. Ihre Zunge drängte unaufhörlich immer wieder gegen seine Lippen. Wie in Trance ließ Ihre Zunge gewähren. Steve gab gerne die Oberhand ab. Langsam ließ er sich immer mehr fallen. Er dachte nicht mehr nach, sondern ließ es einfach nur noch geschehen. Seine Hände gingen auf Wanderschaft. Er streichelte Ihr über den Rücken.

Steve tastete ihre makellose braune Haut. Er knetete ihren üppigen Po. Sein Penis war inzwischen steif und drückte gewaltig gegen Tonyas Bauch. "Stopp oder es ist schon vorbei" - warnte Steve Tonya vor. "Bleib ruhig, wir wollen ja noch mehr. Und ich glaube wir haben alle Zeit der Welt". Sie ließ von ihm ab. "Leg dich auf den Rücken Süßer."

Jetzt lag er da, sein Penis stand wie eine Eins und Tonya stand vor ihm. "Bläst du mir einen" - fragte Steve seine erregte Nachbarin. "Ich habe den schwarzen Gürtel im Schwanzlutschen Baby". "Oh mein Gott, ich träume, oder?" "Nein, tust du nicht. Ich zeig dir den Himmel kleiner Steve". "Dann werde ich das auch bei dir machen". "Wer bläst wird auch geleckt Steve. Das ist der Deal".

Steve wusste nicht wirklich worauf er sich eingelassen hatte. Doch eines war klar, Tonya hatte viel Erfahrung mit Sex und sie war bereit diese mit Steve zu teilen. Tonya hat jung geheiratet, schnell zwei Kinder bekommen. Arbeiten und Kinder erziehen, da war nicht allzu viel Zeit für Zweisamkeit mit ihrem Mann. Seit einem Jahr lebt Tonya in Trennung. Und es schien als wäre sie hungrig.

Steve lag auf dem Bett. Und er wartete was passieren würde. Tonya kroch lasziv zu ihm auf die Matratze seines Teenie-Bettes. Nun würde er den ersten Blowjob seines Lebens bekommen. Tonya streckte wieder ihre Zunge heraus. Sie leckte ausgiebig mit ihrer feuchten Zunge über Steves gesamten Schritt. Seine spärliche Behaarung störte sie nicht. "Ich habe leider keine Kondom hier". "Die brauchen wir nicht Süßer" - sagte sie zu ihm. Steves Herz schlug ihm bis zum Hals. Sein Blut pulsierte in seinem Körper. Vor allem in seinem Schwanz.

Dann war es endlich soweit. Tonya saugte Steves zarten Edelstein in ihren Mund. Ganz langsam und sanft. Der junge, weiße Penis glitt über ihre samtigen, dicken Lippen. Immer tiefer tauchte er zwischen Tonyas Lippen. Sie gab ihm das Gefühl es würde niemals enden. Schließlich verschwand sein Gemächt komplett in ihrem Rachen. So tief das Tonyas Nase seinen Bauch berührte und ihr Kinn seine kleinen, sportlichen Hoden.

Steve blieb glatt die Luft zum Atmen weg. Dieser Blowjob war besser als alles was er sich hat vorstellen können. Gekonnt spielte Tonya mit seinem prallen Schwanz. Ihre Zunge umkreiste seine Eichel in ihrem Mund. Sie rieb mit seinem Penis an ihren Zähnen und den Innenseiten ihrer Backen. Immer wieder spuckte sie seinen weißen Phallus aus, voll mit Speichel. Um zu gurgeln, ja fast schon zu grunzen. Und um ihm die Eier zu lecken.

Die Art und Weise wie leidenschaftlich und gierig Tonya sich seinem Schwanz widmete war eine Offenbarung für Steve. Das kannte er nicht einmal aus Pornofilmen. Sie sah ihrem ehemaligen Schützling tief in die Augen als sein frecher Lümmel immer wieder zwischen ihren zarten Lippen verschwand. Steve stöhnte, er murrte und raunte. Er konnte seine Lust nicht unterdrücken und er wollte es auch nicht.

"Mmmhh, ich mag junge Schwänze! Und ich stehe auf Vanilla! Das gefällt dir wohl Süßer"!?

"Oh ja, natürlich, das ist so geil! Das habe ich noch nie erlebt"! "Genieße es Baby". Tonya verwöhnte Steve minutenlang, immer darauf bedacht ihn nicht zu früh kommen zu lassen. Doch irgendwann war es einfach zuviel für Steve. Und er flehte und keuchte "ich kann nicht mehr, ich komme gleich"! "Noch nicht kommen Baby" - antwortete ihm Tonya. Da half nur eine kleine Schlämmerpause.

Tonya kletterte weiter nach oben. Immer höher schob sie ihren Traumbody. Ihre mächtigen Schokotitten wippten über Steves Gesicht. Wild und leidenschaftlich begann der Junge von nebenan an ihren großen, erregten Brustwarzen zu saugen. Tonya stöhnte laut auf. Sie mochte Steves unbeholfene, unerfahrene leidenschaftliche Art. Sie genoss seine Zunge und seine Lippen an ihren gewaltigen Nippeln.

Doch das war ihr noch lange nicht genug. Tonya bewegte ihre erotische Schwungmasse noch weiter nach oben. So weit bis sie ihren Schritt über seinem Gesicht platziert hatte. Steves Arme waren unter ihren Unterschenkeln eingeklemmt. "Leck meine Pussy Steve Boy" - hauchte sie zärtlich vor sich hin. Und Steve wollte ihrer Aufforderung gerne nachkommen.

Behutsam streckte er seine Zunge ihrem süßen Schritt entgegen. Bis seine Zungenspitze ihre Schamlippen berührte. Er fing an ihre geschwollenen Lippen abzulecken. Voller Lust und Aufregung kostete Steve immer mehr von ihrem köstlichen Honig. Er spielte mit ihrem Eingang bis er schließlich zwischen ihre Lippen drang. Tonya presste ihre feuchte Möse gegen sein unschuldiges Gesicht.

Sie genoss es seine Zunge zwischen ihren Beinen zu spüren. Und es machte sie noch geiler ihn unter ihrem Schritt zappeln zu lassen. Steves Zunge war natürlich unerfahren. Etwas hölzern und staksig. Doch Tonya erfreute sich an seinem Bemühen. So sollte es jedoch nicht enden.

Wie in Zeitlupe erhob sie sich und bewegte sich wieder weiter nach unten. Steves Penis stand noch in voller Pracht. Und Tonya war nicht der Typ Frau die eine Latte verschwendete. Sie kniete sich über seinen Penis, nahm ihn in ihre Hand und positionierte seinen Schwanz unter ihrer Pussy. Sie schaute ihm jetzt noch einmal tief in die Augen. Steve konnte es nicht mehr erwarten und hob sein Becken.

Seine Penisspitze spaltete jetzt leicht ihre Schamlippen, das Gefühl war für ihn überwältigend. Er wollte jetzt alles, aber sie drückte sofort mit Ihren Händen mein Becken nach unten, so dass er die wenigen Millimeter die er schon in Tonya eingedrungen war, wieder heraus glitt. "Ich hab die Zügel in der Hand du Hengst". Steve hielt das Ganze nicht mehr lange aus, aber natürlich nickte er voller Zustimmung. Quäle mich aber bitte nicht zuviel". Lachend sagte sie "Na gut, aber keine Sorge Süßer, du kommst schon noch auf deine Kosten".

Mit ihrer Hand führte sie seinen Penis wieder an ihre Pussy, jetzt war es endlich soweit, sie ließ ihn nicht mehr länger zappeln und senkte langsam Ihr Becken ab. Wahnsinn, immer und immer tiefer drang er in Tonya ein. Diese

Wärme die seinem Penis umgab war überwältigend. Er wollte sie schon wieder Hochdrücken um sie schneller auf und abgleiten zu lassen. "Langsam, langsam, dann hast du mehr davon Baby." Steve begann zu stöhnen, er hatte das Gefühl diese Traumfrau wollte ihn anscheinend umbringen.

Er musste sich derart zusammenreißen, dass er sie nicht sofort auf den Rücken schmiss und sie hart fickte, so wie er es aus einschlägigen Internetclips kannte. Aber Ihre dominante Art und Weise, wie sie auf ihm saß, ließ das einfach nicht zu. So ergab er sich seinem bittersüßen Schicksal und ließ es geschehen. Sie saß auf ihm und sie fickte ihn rhythmisch mit der Musik die noch immer lief. Zum Glück, denn so konnte er sich gehen lassen, er stöhnte sich die

Seele aus dem Leib, während Tonya ihn genüsslich fickte.

Es war ein unbeschreibliches Gefühl und Steve dachte darüber nach ob wohl jeder ein solches erstes Mal erleben würde. Sie auf ihm, schaute Steve tief in die Augen. Ihre mächtigen, schwarzen Brüste hoben und senkten sich. Steve streichelte sie mal, mal legte er die Hände um ihre Hüften um wenigstens ein Bisschen das Tempo mitbestimmen zu können. Sie ließ sich jedoch nicht beirren. Tonya fickte ihn langsam und intensiv. Ihr Becken hob und senkte sich, es bewegte sich, vor und zurück, die Stimulation war fantastisch.

Ihr ging es anscheinend ähnlich, ihre Geilheit tropfte auf Steves Schritt hinab, der Geruch der sich den Weg zu seiner Nase bahnte, machte die Situation noch heißer. Er hatte sowas noch nie erlebt. Sie intensivierte das Tempo. Das stöhnen wurde immer eindringlicher. Seine Brust wurde von ihr regelrecht zerquetscht, so fest stützte sie sich jetzt auf ihm ab.

Immer schneller und schneller ritt sie jetzt auf Steve, das Bild, seinen Pimmel in ihrer Möse verschwinden zu sehen, war einfach zu viel für ihn. "Ich komme" - schrie er laut heraus. Voller Scham, Glück und Geilheit. In ihm begann das Sperma aufzusteigen, noch nie hatte er so ein intensives Gefühl.

Langsam bahnte sich das Sperma den Weg. Jetzt war es geschehen, er spritze alles was in ihm war in sie hinein. Jetzt konnte er sich auch nicht mehr halten, die Gefühle waren einfach zu stark und so versuchte er sie von unten zu ficken. Tonya versuchte es zu verhindern. So begann ein offener Kampf zwischen den beiden Liebenden wer wen ficken würde. Es war eine fantastische Kappelei.

Sie blickten sich tief und fest in die Augen während ihre Unterkörper miteinander den Kampf Ihres Lebens ausfochten. Jetzt war es auch um sie geschehen. Ein spitzer schrei kündigte ihrem Orgasmus an. Tonya schrie ihre Lust heraus. Schrill, leidenschaftlich, intensiv, laut. Tony ließ sich auf Steve fallen und blieb nur noch ruhig liegen. Schnell ergriff er die Oberhand und fickte sie weiter. Jedes Mal als er tief in sie eindrang stöhnte Tonya auf. "Wow" - dachte er, warum hatte er nicht schon früher damit begonnen sich mit Frauen näher zu befassen.

So geil wie dieser Fick für ihn war, hätte er sich in seinen kühnsten Träumen nicht vorstellen können. Sie lagen nur da, sie auf ihm, beide atmeten sie schwer. Sein Penis in der Zwischenzeit von diesem Schauspiel wieder zu normaler Größe geschrumpft war aus Ihr heraus geglitten. So lagen sie noch ein paar Minuten da, still ohne sich zu bewegen. Die Luft war getränkt von ihrem Schweiß und von ihrer Lust. Plötzlich sprang Tonya auf.

"Schieße ich muss nach Hause". Schnell ging sie in das Bad, duschte sich ab und verschwand. Steve war total perplex. Wieso war sie jetzt so schnell verschwunden. Er konnte sich jedoch denken, dass sie ja keinen Grund gehabt hatte, bei ihm so lange zu bleiben, denn ihr Treiben dauerte fast eine Stunde. Ihre Kinder hatten sicher schon nach Ihr gesucht. Shanti war 12, Aaron war 10. Sie lebten seit einem Jahr nur bei ihrer Mutter.

Doch obwohl er die beiden Kids kannte waren sie ihm in diesem Moment jedoch völlig egal. Zufrieden ging er auch unter die Dusche und wusch sich die Geilheit vom Körper. Das könnten ja noch schöne Ferien werden, dachte er sich und fing lauthals an zu lachen.

Am nächsten Morgen als Steve aufwachte ... es war schwer zu beschreiben ... auf seinen Lippen war immer noch ein grinsen. "Oh Mann war das gestern eine geile Angelegenheit" schwelgte er in Erinnerung. Tonya hatte es ihm echt besorgt. So befriedigt war er noch nie in seinem Leben. Die Gedanken an gestern gingen an ihm nicht spurlos vorbei. Es hatte sich eine beträchtliche Morgenlatte gebildet. Noch ganz in seinen Träumen versunken klingelte es an der Tür. Das konnte doch nicht Tonya sein?

Schnell hatte er sich angezogen und war zur Tür gerannt, seinen steifen Schwanz hatte er so gut es ging mit einer Unterhose über der Boxershorts versucht zu verstecken, aber irgendwie gelang ihm das nicht so ganz. An der Tür stand sie wieder. Tonya, Königin meiner Morgenlatten. Bürgermeisterin von "Fick-mich-Hausen".

"Hey sexy" - begrüßte Steve seine neue Traumfrau. "Hey Sugar" - antwortete Tonya geschmeichelt knapp. "Willst du reinkommen"? "Naja, ich glaub ich habe mein Handy gestern hier verloren". Mit diesem Satz riss Tonya Steve aus seinen Tagträumen und sagte sie wolle es nur schnell suchen. Als Gentleman der Steve nun mal ist, eilte er nach oben um das Handy zu suchen. Und tatsächlich fand er es auch sogleich.

Ein bisschen peinlich berührter Small Talk würde jetzt vielleicht noch folgen bevor sie das Haus wieder verlassen würde. Etwas enttäuscht ging Steve die Treppe herunter. Da bemerkte er das Tonya ihren Blick immer wieder kurz nach unten gleiten ließ. Sie konnte es nicht lassen ihm zwischen die Beine zu starren. Sofort kam es ihm wieder, er hatte ja noch einen Steifen und der war anscheinend beim heruntertänzeln auf der Treppe noch zu sehen.

Scheiße, dachte er sich im ersten Augenblick. Aber dann kam es ihm wieder wieso er überhaupt einen Steifen hatte. Er hatte Sex mit seiner geilen Nachbarin. Die nun wieder da unten stand. Endlich war er einmal nicht so schüchtern und hatte etwas gewagt. Schon wieder ein Blick nach unten, das kann kein Zufall sein, ist Tonya etwa wieder geil? War das Handy vielleicht nur eine Ausrede oder gar Teil eines Plans? Das musste er ausnutzen, jedenfalls musste er einen Versuch starten, der ist es wert dachte er sich.

Schnell hatte Steve noch dran gedacht dass er noch die Wäsche waschen musste. So fragte er die schwarze Versuchung vor sich ob sie ihm nicht mit der Waschmaschine helfen könnt. Denn er als armer kleiner Junge kenne sich damit nicht aus. Lachend sagte sie zu ihm: "So, so. Na dann helfe ich dir gerne, du armer hilfloser, weißer Bengel. Wenn es sonst nichts

ist!" Natürlich wollte er mehr, dachte er sich.
Und Tonya dachte wohl dasselbe.

Tonya trug eine kurze Baumwollhose, dazu ein
enges weißes Tank Top. Sie war wie eine
verführerische Praline auf zwei Beinen. Sie
stolzierte vor mir her, Richtung Waschküche.
Ihre prallen Pobacken wackelten hin und her
das ihm nur so das Wasser im Mund
zusammenlief. Steve musterte Tonyas
Rückansicht ganz genau. Er prägte sich ihr Bild
ganz genau ein. Er würde noch oft an diesen
Anblick denken wenn er es sich in einsamen
Momenten selbst besorgen würde.

Steve liebt den Sommer, denn da hat jede
Frau recht wenig an und die Reize kommen so
richtig zur Geltung. Der Anblick ihrer nackten,
samtig-weichen Haut machte Steve ganz heiß.

Dieses weiße Tank Top war nicht dazu geeignet irgendetwas zu verdecken. Im Gegenteil, Tonyas große steifen Nippel waren deutlich sichtbar. Tonya trug keinen BH. Die enge, kurze Hose brachten ihre Strammen Schenkel wunderbar zur Geltung. Es war ein Anblick für Götter.

In der Waschküche nahm sie sich der Wäsche an. Tonya trennte die weiße Wäsche von der Buntwäsche. Sie stopfte die weißen Teile in die Maschine und sagte zu Steve "hier füllst du das Waschmittel ein, da den Weichspüler. Und dieses Programm ist für die weiße Wäsche." Er ging näher zu ihr und natürlich wie zufällig streifte sein steifer Ernie ihren Po, denn sie beugte sich lasziv über die Maschin
e. Als sie fertig war drückte sie Steve zurück und drehte sich zu ihm. "Was wird das hier junger

Mann? Versuchst du schon wieder deine unschuldige Nachbarin zu verführen"?

Tonya kam näher zu Steve. Sie stand nur 20 cm vor ihm ihr Gesicht so nahe an seinem dass er deutlich ihren Atem auf seiner Haut spüren konnte. "Habe ich dich so geil gemacht Süßer?" fragte sie auf einmal. Und ja, das hatte sie. Kleinlaut und wieder etwas nervös antwortete Steve "ich hatte heute Morgen einen richtig harten Ständer". "Ich sag doch, du bist gut bestückt für so einen schmächtigen, weißen Jungen. Weißt du noch als du immer etwas naschen wolltest wenn ich deine Babysitterin war"? "Ja". "Nasch von meiner Pussy Steve Boy".

Tonya gab ihm einen langen feuchten Kuss. Steve war baff, es passierte schon wieder!

Vieles hatte er sich in seinen Träumen ausgemalt, aber dass er mal eine Affäre mit seiner Nachbarin haben würde, sicher nicht. Und das er eine so schöne Frau wie Tonya überhaupt einmal so richtig küssen würde, davon hätte er nicht einmal zu träumen gewagt. Als der Kuss zu Ende war sagte sie mit einem leisen, fast schon mütterlichen Ton: "Ich bin sehr stolz darauf deine Erste Frau gewesen zu sein." "Wie wär's wenn du auch mein zweites Mal werden würdest." antwortete er reflexartig. "Nichts lieber als das mein Kleiner". Sie lächelte ihn an.

Tonyas Lächeln war bezaubernd. Diese strahlend weißen Zähne, ihre prallen Schlauchbootlippen und diese riesigen Augen in denen man sich komplett verlieren konnte. Was musste ihr Mann Jamal doch für ein Idiot sein dachte Steve. Jetzt war es um ihn geschehen, er zog Tonya zu sich und sie küssten sich wild und leidenschaftlich, ohne Scham, ohne Grenzen. Ihr Becken hatte er fest gegen seines gedrückt. Sein Schwanz, so hart wie noch nie, drückte sich gegen ihren Bauch.

Da klingelte es schon wieder. "So ein verdammter Mist" dachte er sich. "Moment, bleib wo du bist" sagte Steve zu seiner schönen Nachbarin. Schnell rannte er rauf und öffnete die Tür. Es war Carol, die Postbotin. "Hallo, ich habe ein Paket für ihre Mom", sagte sie. Steve schnappte sich das Paket und stellte es in das Foyer. "Waren sie im Internet unterwegs junger Mann " grinste sie ihn an. "Warum" fragte Steve. "Sie haben da eine Schwellung". Normalerweise hätte sich Steve voller Scham zurückgezogen und wäre rot angelaufen.

Doch heute nicht. Der Fick mit Tonya gab seinem Selbstvertrauen einen riesigen Schub. "Nein das war meine neue Freundin" kam es aus ihm heraus. Erstaunt sah die Postbotin Steve an. Carol ist Mitte vierzig und nicht gerade auf den Mund gefallen. "Und wo ist deine Freundin jetzt?" fragte sie mich. "Im Keller. Wir machen die Wäsche. Also so richtig" - sagte er mit stiefgestellter Stimme. "Na dann lass sie ja nicht warten junger Mann. Ich geh dann mal wieder arbeiten." sagte sie und verschwand aus der Tür. Ängstlich aufgrund seiner Ehrlichkeit aber auch total geil in Erwartung auf das was ihn jetzt erwarten würde stürmte er in den Keller.

"Wer war das" fragte ihn Tonya. "Ach nur die Postbotin. Ich hab sie abgewimmelt". "Gut so mein Kleiner, dafür bekommst jetzt eine Belohnung" sagte sie und ging vor Steve auf die Knie. Schnell zog sie ihm die kurze Hose runter und begann zu lachen. "Wieso hast du eine Unterhose über der Boxershorts an? es ist doch so schon warm genug". "Ich wollte meinen steifen Schwanz vor dir verstecken" sagte Steve. "Na zum Glück ist dir das nicht gelungen Süßer" kam es noch aus ihr heraus, bevor sie mit der rechten Hand die Vorhaut zurück schob.

Steve schaute ihr tief in die Augen und beobachtete genau wie Tonya sanft mit ihren vollen, glänzenden Lippen seine Eichel zum ersten Mal umschloss. Seine Knie zitterten. Mit ihrer Zunge stieß sie sanft gegen die Spitze seiner Eichel. Ein lautes Stöhnen entfuhr ihrem jungen Liebhaber. Sein Körper bebte. Ihre

Hände ließ sie vollkommen weg von seinen großen, weißen Schwanz. Nur mit ihren Lippen und mit ihrer Zunge spielte sie an seinem besten Stück. Sanft biss sie manchmal hinein. Sie schmatzte und schnurrte wie ein Kätzchen. Steve erregte das zutiefst.

Sie knabberte sanft mit ihren Zähnen an seinen Schwanz. Nahm ihn ganz in sich auf, bis er an ihrer Kehle anstieß. Tonya wusste wirklich wie sie einen Mann so richtig verwöhnen konnte. Nun legte sie Hand Steves Hüfte an. Tonya fasste mit festen Griff seine Pobacken. Sie zog seinen Leib ganz eng an sich heran. Sie stöhnte und keuchte vor Lust und Genuss. Mit jedem Mal wenn sein Schwanz in ihrer Kehle verschwand schmatzte und gurgelte es.

Er wusste gar nicht wie lange es gedauert hatte, doch dann war es soweit. "Ich komme gleich" stöhnte er noch gerade so hervor. Aber anstatt das sie seinen Lümmel aus ihrem Mund nahm, verstärkte sie ihre Bemühungen. Sie blickte ihm tief in die Augen und schloss ihre Lippen fest um seinen Schwanz. Sie packte seine Hoden und drückte sie sanft zusammen. Dann war es um ihn geschehen. Steve spritze ihr in den Mund. Ein, zwei, drei Schübe Sperma schoss er ab. Er konnte es fast nicht glauben, aber Tonya hatte Spaß daran den jungen Saft in sich aufzunehmen.

Steves Körper machte sich dabei beinahe selbstständig. Sein Stöhnen als er ejakulierte wurde mädchenhaft hoch, so erregt und überrascht war er. Sein ganzer Leib zitterte. Vor allen seine süßen Hoden die in Tonyas Händen tänzelten. Die schwarze Schönheit auf Knien schluckte seine süße Creme hinunter und leckte seinen Schwanz sauber. "Mmmmh, Vanillecreme! Na wie war das mein Süßer" fragte sie Steve.

Sein Puls raste wie wahnsinnig und sein Herz überschlug sich fast. Noch nie hatte er derartige Glücksgefühle verspürt. "Unbeschreiblich geil! Du bist eine Göttin" antwortete er wahrheitsgemäß. Tonya lächelte schelmisch "ich weiß Baby, ich weiß". "So jetzt muss ich aber wieder weiter" sagte sie plötzlich zu Steve. "Aber ich habe mich noch gar nicht revanchiert" sagte er fast traurig.
"Morgen ist auch noch ein Tag" antwortete sie Steve. Zum Abschluss drückte sie sich noch einmal fest an ihn und gab ihm einen wilden Zungenkuss, bei dem er sein Sperma deutlich

schmecken konnte. Tonya verschwand durch den Keller raus. Als Steve sie verabschiedete drehte sie sich zu ihm "Jamal holt die Kids heute Abend zu sich. Komm um 22:00 Uhr vorbei. Und ich zeige dir was ficken wirklich heißt. Steve grinste wie ein Honigkuchenpferd und nickte, ohne einen Ton herausbringen zu können. Er ging wieder nach oben in sein Zimmer und versuchte sich wieder seinem Computer zu widmen.

Angestrengt versuchte sich Steve auf seine Projekte zu konzentrieren. Doch er schaffte es nur mehr schlecht als recht. Immer wieder kreisten seine Gedanken um Tonya und ihre Einladung. Er versuchte sich abzulenken. Nachdem er feststellte das er sich an seinem PC nicht konzentrieren konnte, beschloss er etwas nach draußen zu gehen. Etwas frische Luft würde ihm sicher gut gehen.

Steve fuhr mit dem Fahrrad zum nächsten Supermarkt. Doch überall wo er hin blickte sprangen ihm erotische Gedanken in den Kopf. Ausgelöst durch die großen Melonen in der Obstabteilung, durch Damenunterwäsche auf dem Wühltisch, oder schlicht durch die Frauen die leicht bekleidet durch die Sommerhitze wandelten. Steve packte nur ein paar Kleinigkeiten ein und fuhr wieder nach Hause.

Auf seinem Weg traf er einige Frauen denen er lüstern hinterher schaute. Kurze Hosen, nackte Beine, bauchfreie Tops und überall wippten Brüste auf und ab. Kaum war Steve zu Hause angekommen duschte er sich kalt ab. Doch so kalt das Wasser auch war, seiner Erregung tat dies keinen Abbruch. Steve holte sich mal wieder einen runter. Und er betete das es schnell Abend werden würde.

Steve zählte die Minuten bis es endlich soweit war. Ausgehfertig war er schon lange. Immer wieder sah er durch das Fenster in seinem Zimmer auf die andere Straßenseite zu Tonyas Haus. Und er wartete sehnsüchtig darauf das Jamal, Tonyas Noch-Ehemann auftauchen würde um die Kids abzuholen. Und als der große, schwarze Mann endlich mit seinem SUV auftauchte um seine Kinder abzuholen schoss ihm plötzlich ein Gedanke durch den Kopf. "Was wäre eigentlich wenn Jamal ihn mit Tonya erwischen würde? Immerhin ist er noch ihr Mann und er ist ein Cop. Jamal ist groß und stark genug um den kleinen weißen Mann ungespitzt in den Boden zu rammen".

Doch dieser Gedanke hob seine Affäre sogar auf einen noch höheren Level der Lust. Wie ausgemacht stand Steve um 22:00 Uhr vor Tonyas Haustür. Die Summers haben ein sehr schönes, wenn auch kleines grau-weißes Holzhaus. Steve schleicht sich unbemerkt auf die Veranda. Als er klingeln wollte bemerkte er das die Haustür nur angelehnt war. Steve hat sich frisch gemacht für Tonya. Doch sein Look war alles andere als schick. Eine Schlabberhose, ein graues T-Shirt und alte weiße, dreckige Turnschuhe. Auf leisen Sohlen betrat er das Haus.

Das letzte Mal war er vor gut acht Jahren hier. Tonya nahm Steve auf Wunsch ihrer Mutter nach der Schule zu sich. Dann passte sie auf ihre eigenen kleinen Kinder und den weißen Nachbarsjungen auf. Steve konnte sich kaum noch an das Haus erinnern. Doch das machte nichts. Er schloss die Tür hinter sich und schlich die Treppe hinauf. Nur aus einem Zimmer kam noch Licht. Es war Tonyas Schlafzimmer.

Sie hatte eine Menge Kerzen aufgestellt um für Stimmung zu sorgen. Im Hintergrund lief sanfte R´n´B Musik. Vorsichtig und langsam öffnete Steve die Tür die bereits einen deutlichen Spalt weit offen stand. Er blickte in das von Kerzenlicht erleuchtete Schlafzimmer. Da war sie nun. Tonya, die pure Sünde aus Ebenholz. Sie räkelte sich auf ihrem Ehebett. "Ich habe dich schon erwartet Steve" hauchte sie ihm zu.

Tonya sah fantastisch aus. Wie ein fleischgewordener, erotischer Traum. Sie aalte sich auf ihrer roten Satin-Bettwäsche. Sie trug Reizwäsche in einer schwarz-gold Kombination. Sie sah zum Anbeißen aus. Wie eine nubische Prinzessin. "Komm zu Mama" sagte Tonya zu Steve und unterstützte diese Aufforderung mit ihrem Zeigefinger. Steve atmete tief durch, dieser Satz hatte es in sich. Aber er schreckte ihn nicht ab. Im Gegenteil, er machte ihn an.

Steve hatte genug von den Worten gehört die über ihre sinnlichen Lippen kamen. Dennoch nahm er fast schon beschämt seine Baseballmütze ab. "Ich fühle mich gerade etwas underdressed" - bemerkte er. Es war ihm peinlich das Tonya auf dem Bett lag wie ein Weihnachtsgeschenk, während er aussah als käme er gerade vom Sportplatz. "Das macht nichts Steve. Du würdest mir nicht gefallen mit Lackschuhen und Anzug. Es macht mich geil das du rumläufst wie ein verzogener Teenager". "Naja, ich bin ja auch noch einer" antwortete er mit einem Lächeln auf den Lippen.

Tonya kann ihm gar nicht widerstehen. Selbst wenn sie wöllte. Sie schob ihre rechte Hand zwischen ihre Beine und begann sich zu berühren. "Zieh dich aus Baby" hauchte sie ihm zu. Steve machte sich nackig für Tonya. Stück für ließe er für sie die Hüllen fallen. Tonya stöhnte dabei spielte mit ihrer Hand unter ihrem Höschen. Das hätte er sich niemals träumen lassen. Es war ein unbeschreibliches Gefühl als er begriff, das er Tonya sexuell erregte. Etwas Besseres für das eigene Ego kann es gar nicht geben.

"Dreh dich Süßer" stöhnte sie ihm zu als er endlich nackt war. Und Steve tat es. "Uhh, komm zu mir Baby" Tonya wollte nicht länger warten. Und ihr jugendlicher Lover auch nicht. Steve hatte eine mächtige Erektion und er war gewillt sie los zu werden. Er wusste auch schon genau wo. Er stieg bedächtig zu Tonya ins Bett. Sie nahm seine Wangen in ihre zarten Hände und begann Steve gefühlvoll zu küssen. Ihre Zungen verschmolzen miteinander. Steve erwiderte ihre Zuneigung und genoss ihren feuchten Kuss in vollen Zügen.

Steve streichelte mit seinen Händen über Tonyas schwarz-goldenes Negligee. Ohne Umschweife führte er seine Hände auf ihren Rücken um die köstliche Verpackung zu öffnen. Seine flinken Finger schafften es

während sie sich noch küssten und legte ihren
wallenden, bebenden, schwarzen Oberkörper
frei. "Du bist wunderschön und verdammt geil"
hauchte er Tonya entgegen, was sie mit einem
vielsagenden unterdrücken Lachen quittierte.
Auch ihrem Ego tat diese Liaison gut.

Während sie sich weiterhin küssten streichelte
Steve ihren heißen Body. Tonyas
wunderschöne nackte Brüste boten sich ihm
dar wie Früchte die es zu vernaschen galt. Und
genauso war es. Sie lockten ihn wie die Äpfel
im Garten Eden die danach gierten gepflückt
zu werden. Steve streichelte und massierte ihre
gewaltigen Möpse. Dann widmete er sich
liebevoll ihren übergroßen Brustwarzen.

Seine gierige, aber auch zugleich zärtliche.
Zunge schleckte großflächig über ihre prallen,

steifen Nippel. Er drückt seine Lippen auf ihre köstlichen Knospen und saugte sie leidenschaftlich ein. Tonya keuchte erregt auf, Steves heißblütige Zunge brachte sie nur noch schneller auf Touren. Er war ein sehr zärtlicher Liebhaber und sehr einfühlsam zu seiner neuen Eroberung. Steve rutschte etwas nach unten zwischen Tonyas prallen Oberschenkeln. Er öffnete die goldenen Schleifchen an ihrem Höschen bedächtig und erwartungsvoll. Dann zog er es nach unten. Tonya sah hinab auf ihn, voller Vorfreude.

Sie lag vor ihrem Liebhaber, der mit dem Bauch auf dem Bett lag. Mit nichts mehr am Leib als ihren schwarzen Netzstrümpfen. Tonyas frisch rasierte Pussy präsentiert sich vor seinem Gesicht. Ihr verführerischer, süßlicher Duft stieg ihm in die Nase. Steve steckte sein Gesicht in ihren Schritt. Entzückt und erregt stöhnte sie auf. Seine Zunge verwöhnte ihren zarten Schoß. Er schlämmte über ihre wollüstigen Liebeslippen und tauchte mit seiner nassen Zungenspitze in ihr saftiges Feuchtgebiet.

Hingebungsvoll leckte er zwischen ihrer schimmernden Weiblichkeit. Tonyas rosa Blüte schmeckte süß wie Zimt. Sein freches, forsches Mundwerk drang tief in ihre südlichen Gefilde ein. Tonya wurde fast wahnsinnig vor Glück und Lust als sich der kleine Nachbarslümmel um ihren Venusfunken kümmert. Voller Ekstase stöhnt sie auf, ihr bleibt die Luft zum Atmen weg. Tonya war bereits da auf den Weg zu ihrem ersten Orgasmus. "Was für ein toller Liebhaber"- dachte sie sich. Ihre Venusmuschel vibrierte vor Lust. Tonyas Puls raste immer schneller, das Herz schlug so wild das sie fast das Bewusstsein verlor vor Leidenschaft.

"Mmmhhh, oh, süßer Steve, oh. Mach weiter, mach weiter, bitte hör nicht auf damit Baby! Du machst mich ganz verrückt Süßer! Ich bin gleich soweit, ich komme gleich"! "Ahhh, ahh, ahh, ahh, ahh, ahh, ahh, jetzt, jetzt!!!!!!!!!...... mhh, mhh,..... oaahh, ist das geil! Du bist so gut zu mir Baby! Du bist so gut zu mir"! Lächelnd erwiderte Steve nur ein gönnerhaftes "bitteschön Sexy Mama". "Jetzt bin ich an der Reihe. Machs dir bequem Baby. Ich will dir deinen weißen Schwanz lutschen".

Der junge Mann lächelte sein Schokoladenhasen freudestrahlend an. Er legte sich auf den Rücken. Tonya kniete sich auf dem Bett zwischen seine Beine hin, bereit dazu seine Lenden zu verwöhnen. Steve erfreute sich schon allein an diesem Anblick. Seine pralle Männlichkeit ragte sich vor Tonyas gierig dreinblickendes Gesicht hoch in die Luft. Wie ein Denkmal der Lust prangte es in die Höhe.

Sie schloss ihre hübschen, leuchtenden Augen und leckte ausgiebig über seinen verlockenden, weißen Sack. Seine Hoden waren nicht besonders groß, aber dafür waren sie prall gefüllt. Wie köstliche Süßigkeiten lagen sie vor ihr. Wie Pralinen die sie sich in den Mund schieben wollte. Inbrünstig kümmerte sie sich um Steves junge Liebesglocken. Sanft und behutsam saugte sie seine kleinen Bälle langsam ein und massierte sie zärtlich mit ihrer Zunge.

Steve wurde fast verrückt von Tonyas Künsten. Dann leckte sie über seinen mächtigen Schaft. Steves Phallus ist voller Anmut, groß, jung, hart und voller Begierde. Tonya lutschte an seinem steifen Freudenstab als wäre er eine Zuckerstange am Weihnachtsabend. Und genauso süß schmeckte er für die zweifache Mama.

Schließlich erreichte sie seine Penisspitze. Tonya liebkost seine geschwollene Männlichkeit und saugt sie verspielt und lasziv ein. Sie genoss es zusehends seinen Pimmel Stück für Stück in sich aufzusaugen. Ihre Spucke lief aus ihrem Mund und rann an seinem Schwanz entlang Richtung Peniswurzel. Steve stöhnte und raunte, er gab

sich bereitwillig ihrer Sonderbehandlung hin.
Doch er wusste das er dem nicht gewachsen
war. Nicht lange und er würde wieder
abspritzen.

"Ooaahh, du machst das hervorragend pretty-
mama! Lange halte ich das nicht mehr durch"!
"Ich weiß Baby! Ich will deinen Vanilla-Pimmel
in mir spüren! Ich will das du mich fickst"! "Ja"!
"Wie willst du mich nehmen Baby"? "Ich will
das du mich reitest Baby"!

Tonya überlässt dem jungen Stecher gerne die
Führung. Sie folgt seinem Wunsch und
platzierte sich über seinem Becken, ihre Knie
reichten bis auf die Matratze. Dann führte sie
mit ihrer rechten Hand Steves köstliche
Cannelloni in ihre willige Pussy. Sein hartes

Glied glitt spielerisch leicht in das nasse Rosa.
Und die rassige Tonya begann sofort ihren
saftigen Schoß zu bewegen. Vor, zurück, vor,
zurück. Langsam beginnt sie ihr Becken kreisen
zu lassen. Sie spielt mit dem Tempo und dem
Rhythmus. Mal reitet sie schneller, dann wieder
langsamer. Aber ihr Ritt ist durchgängig intensiv
und leidenschaftlich.

Tonya ritt sich auf seinem harten Hengst in
wilde Ekstase. Und voller Freude ritt sie ihrem
zweiten Orgasmus entgegen. "Mhh, Baby, ich
glaube ich komme noch mal"! "Ohja, ja
, lass dich fallen Baby"! "Dein Schwanz fühlt
sich so gut in meiner kleinen Pussy an"!

Die schwarze Schönheit ritt sich in Rage und
stützte sich dabei mit ihren Händen auf seiner

schmalen Hühnerbrust ab. Sie stöhnte so laut das man es im ganzen Haus hören konnte. Dann passiert es endlich, Tonya erreicht ihren zweiten Höhepunkt. Ein lauter schriller Schrei hallte durch das Haus. Dieser Schrei war laut genug um von den Nachbarn gehört zu werden. Doch Tonay konnte nicht anders. Sie musste ihre Lust lauthals herausschreien, mit all ihrer Kraft, Intensität und Leidenschaft.

Steve massiert ihre üppigen Schoko-Titten während tausend Schmetterlinge in ihrem Körper zu explodieren schienen. Er beugte sich nach oben. Noch während er in ihr steckte packte der schmale weiße Mann seine mollige Gespielin an den Hüften und drehte sie und sich herum. Nun lag Tonya auf dem Rücken, bereit und willig seine Gnade zu erfahren.

Steve schmiegte sich ganz nah und eng an sie heran. Er wollte so tief wie möglich in sie eindringen. Und er schaffte es. Tonya riss die Augen weit auf und brüllte abermals ihre Lust laut heraus.

"Uhh Baby! Oh Baby! Gib mir alles! Nimm dir was du brauchst Süßer"! "Ich besorg es dir pretty-mama"! "Mmhhh, jahhh, Baby! Ich finde es geil wenn du mich so nennst. Bums mich richtig durch! Sei ein wilder, weißer Stier zwischen meinen Schenkeln"!

Beherzt stößt Steve zu. Immer wieder versenkt er seinen harten, großen Schwanz in Tonyas feuchte Möse. Sie stöhnte lustvoll bei jedem seiner Stöße auf. Wieder und wieder. Sein Becken bewegte sich schnell und rhythmisch, sein Hüfte berührte immer wieder ihren Unterleib. Sein weißer Penis versenkte sich immer wieder in voller Länge zwischen ihren Lippen.

Tonyas gierige Hände glitten unwillkürlich über Steves Rücken. Sie kratzte ihn leidenschaftlich. Ihre Fingernägel hinterließen rote Striemen und Kratzer auf seiner Rückseite. Steve und Tonya küssten sich dabei. Ihre Zungen tanzten Tango. Dann wurde Steves ungeduldige Hüfte immer schneller. Seine stattliche Liebeslanze tauchte immer wieder in Tonyas lüsternes Zuckerdöschen. Seine Liebhaberin stöhnte wie am Spieß und ihre feuchte Pussy schmatzte wild vor Lust.

Auch er war jetzt soweit, er stand kurz vor seinem Orgasmus. Und Tonya ließ sich von seiner Leidenschaft einfach mitreißen, sie war so geil und erregt von seinen Liebeskünsten das auch sie auf einen weiteren Höhepunkt zusteuerte. Ihre zarten Finger krallten sich fest in die Satin-Bettwäsche. Und plötzlich ist es soweit. Steve stöhnt laut und lange auf. Fast wild und animalisch. Das hätte ihm Tonya gar nicht zugetraut.

Sein hinreißender Phallus bäumte sich auf und seine prachtvolle Sahne spritzte tief in ihre unersättliche Möse. Sein Schwanz pulsierte und zuckte vor sich hin, seine leckeren Hoden bebten vor Ekstase, unkontrolliert zappelt sein stolzer Eroberer in ihrem lüsternen Schritt und schenkte ihr seine köstliche Creme.

Auch Tonya stöhnt abermals laut auf. Der Atem bleibt ihr weg. Beinahe verlor Tonya das Bewusstsein. Ihre Lustlippen schmiegten sich um seinen harten Freudenspender als er in ihr kam. Glücksgefühle verströmten sich in ihrem Körper, für einen Moment schien die Zeit still zu stehen und die chronisch untervögelte zweifach-Mama schwelgte auf einer Wolke von Hochgefühlen weg. Lächelnd stellte Steve fest wie Tonyas Venushügel vor Lust bebte. Er fühlte sich wie der König der Welt, zumindest der Lust.

Steve küsste noch einmal ihre weichen, samtigen Schlauchbootlippen und ließ sich neben ihr auf dem Bett nieder. Steve war vollkommen befriedigt, Tonya ebenfalls. Sie war überglücklich und zufrieden. Und sie spürt eine Zuneigung, die sie schon seit Ewigkeiten nicht mehr gespürt hat. "Das war ganz große Klasse Baby! Für das zweite Mal war das echt der Hammer". "Danke pretty-mama. Ich fand es auch total geil". "Seit der Trennung von Jamal war ich nicht mehr so befriedigt". Steves Brust und Selbstbewusstsein wurde immer breiter als er ihre Komplimente hörte.

Tonya und Steve kuschelten noch eine Weile miteinander. Und beiden war klar dass dies nicht der letzte Akt an diesem Abend gewesen sein sollte. Schließlich hatten beide sturmfrei. Tonyas Kinder würden erst Übermorgen wieder zurückkommen. Genug Zeit um den Schokohasen noch ein paar Mal richtig zu bumsen, dachte sich der freche, junge Stecher.

Tonya konnte sich nicht daran erinnern wann sie das letzte Mal mit einem Mann gekuschelt hat. Und wann sie sich zuletzt so geborgen und aufgehoben fühlte. Und sie spürte, dass sie dieses Gefühl auf Dauer haben wollte. Doch ihr war klar, dass dies mit Steve nicht möglich war.

Dennoch wollte sie noch eine Menge Spaß mit ihrem jungen, weißen Lover haben. Steve hatte absolut nichts dagegen einzuwenden.

Zeitfracht Medien GmbH
Ferdinand-Jühlke-Straße 7
99095 Erfurt, Deutschland
produktsicherheit@kolibri360.de